18 Février 1884. Mr Mélinet

V

Collection de M. H***

PORCELAINES ET FAÏENCES

ANCIENNES

OBJETS DE VITRINE

Argenterie, Bronzes, Marbres

Me Robert LE SUEUR COMMISRE-PRISEUR rue Le Peletier, no 29	M. A. BLOCHE EXPERT rue Laffitte, no 44

PARIS — 1884

Ve RENOU, MAULDE et COCK
IMPRIMEURS DE LA COMPAGNIE DES COMMISSAIRES-PRISEURS
Rue de Rivoli, 144.

CATALOGUE

DES

PORCELAINES ET FAÏENCES

ANCIENNES

Verres de Venise et de Bohême

ARGENTERIE LOUIS XV ET DE L'EMPIRE

OBJETS DE VITRINE

Boites, Coffrets, Bijoux enrichis de diamants, Camées, Poignard
Matières précieuses

CURIOSITÉS DIVERSES

BRONZES LOUIS XVI

MARBRES

OBJETS DIVERS

Formant la Collection de M. H***

DONT LA VENTE AURA LIEU

HOTEL DROUOT, SALLE N° 4

Le Lundi 18 Février 1884

A DEUX HEURES

Me Robert LE SUEUR	M. A. BLOCHE
COMMISSre-PRISEUR	EXPERT
rue Le Peletier, n° 29	rue Laffitte, n° 44

EXPOSITION PUBLIQUE

Le Dimanche 17 Février 1884, de 1 heure 1/2 à 5 heures.

PARIS — 1884

CONDITIONS DE LA VENTE

La Vente sera faite au comptant.

Les Adjudicataires paieront CINQ POUR CENT, en sus des enchères.

Aucune réclamation ne sera admise une fois l'adjudication prononcée.

DÉSIGNATION

PORCELAINES, FAIENCES

1 — Plat oblong en vieux Chine, de la famille verte, décor oiseaux de paradis, paons, pivoine et feuillages rehaussés d'or.

2 — Plat rond en vieux Chine, de la famille rose, décoré de fleurs et de cartouches de terrain.

3 — Plat rond en vieux Japon, décor polychrome à rehauts d'or, fleurs et feuillages.

4 — Assiette en vieux Chine, famille verte, décorée de personnages dans un parc à rehauts d'or.

5 — Huit belles Assiettes en vieux Chine, famille rose, décors variés à fleurs et paysages rehaussés d'or (Sera divisé).

6 — Trois jolis Plats ronds en vieux Japon, décor paysages en bleu, rouge et or.

7 — Compotier en vieux Japon, décor à fleurs et feuillages en bleu, rouge et or.

8 — Compotier en vieux Japon, même décor, bordure à compartiments.

9 — Neuf Assiettes du Japon, décor à fleurs et poissons en bleu, rouge et or.

10 — Quatre Assiettes en vieux Japon, décorées de bouquets de pivoines et de carrelages en bleu, rouge et or.

11 — Quatre Assiettes en vieux Japon, décorées de paysages en bleu, rouge et or.

12 — Huit Assiettes en vieux Japon, décors variés à fleurs et paysages en polychrome à rehauts d'or.

13 — Assiette en vieux Saxe, décor à fleurs sur fond gaufré, bordure à jour.

14 — Deux Assiettes en ancienne porcelaine de Copenhague, fond gaufré décor à fleurs.

15 — Sept Assiettes à fond côtelé en vieux Copenhague, décor à fleurs et guirlandes en bleu sur blanc.

16 — Deux Corbeilles en vieux Copenhague, décor à fleurs en bleu sur blanc.

17 — Plat rond en vieux Moustiers, décor à sujets chinois.

18 — Beurrier de Delft, décor bleu sur blanc.

19 — Assiette de Delft, décor bleu sur blanc.

20 — Aiguière en ancienne faïence napolitaine, forme Louis XV, décor à fleurs.

21 — Cornet en faïence italienne, décor paysages en bleu sur blanc.

22 — Porte-Huilier, forme Louis XVI, en terre de Nancy, pourtour à jour.

23 — Deux Assiettes, forme panier, en terre de Lorraine.

24 — Huit jolies Assiettes en vieux Chine, famille des Indes, décor à figures en polychrome, bordure à lambrequins en bleu sur blanc.

25 — Huit Assiettes en ancienne porcelaine de l'Inde, décor à fleurs détachées.

26 — Quatre Assiettes en ancienne porcelaine de Chine, famille rose, décor à fleurs et balustrades à rehauts d'or.

27 — Trois petites Assiettes en ancienne porcelaine de l'Inde, décor à fleurs.

28 — Sucrier oblong en vieux Japon, décor à fleurs polychrome, à rehauts d'or.

29 — Quatre Bols et huit Soucoupes en vieux Japon, décor polychrome.

30 — Six petits Bols en vieux Chine, pâte fine, décor grisaille rehaussé d'or.

31 — Cinq petits Bols et quatre Soucoupes en vieux Chine, pâte fine, décor à fleurs.

32 — Petite Théière en vieux Japon, décor à lambrequins polychromes.

33 — Pot à crème et petit Plateau en vieux Chine, famille rose, décor à fleurs et lambrequins.

34 — Petit Flacon en vieux Chine, décor à personnages et fleurs bleu sur blanc.

35 — Bol en vieux Japon, décor polychrome et couvercle en ancienne porcelaine de l'Inde, décor à fleurs.

6 — Cafetière en vieux Chine, famille rose, décor à fleurs.

37 — Petit Service en vieux Chine, décor branchages en or et rouge, composé d'une Boîte à thé. deux petits Plateaux, Théière, trois petites Tasses et un Présentoir.

38 — Six Tasses et six Soucoupes en vieux Japon, décor polychrome à rehauts d'or.

39 — Cinq Tasses et trois Soucoupes en vieux Chine, décor capucine, intérieur à lambrequins, de la famille rose.

40 — Tasse trembleuse avec Soucoupe en vieux Chine, famille verte.

41 — Six Soucoupes en vieux Chine, vieux Japon et vieux Saxe, décors variés.

42 — Trois petits Bols et une Tasse, forme cul-de-poule, en vieux Chine, pâte fine.

43 — Assiette Buen-Retiro, pâte tendre, fond bleu turquoise.

44 — Deux Assiettes en faïence de Marseille, décors de personnages.

45 — Petite Saucière en faïence de Marseille, décor chinois.

46 — Quatre Tasses et Soucoupes et une Boîte à thé en porcelaine de Saxe.

47 — Gargoulette en faïence d'Urbino.

VERRERIES

48 — Jolie Coupe de forme surbaissée, à deux anses, en vieux Venise, ornée autour de la panse de mufles de lions rehaussés de vestiges d'or.

49 — Jolie Coupe sans piédouche en vieux Venise, décorée d'une chaînette bleue.

50 — Autre Coupe en vieux Venise, même forme et moins grande.

51 — Jolie Coupe sans piédouche en vieux Venise festonné.

52 — Curieuse Bouteille à long goulot et panse surbaissée en verre ancien de Rome.

53 — Coupe côtelée en vieux Venise.

54 — Aiguière côtelée en vieux Venise, ornée d'un mascaron rehaussé de vestiges d'or et de deux rondelles en couleur et en relief.

55 — Aiguière avec couvercle en vieux Venise, avec ailerons à l'intérieur et pour couronnement.

56 — Verre en vieux Venise, gravé de guirlandes de fleurs.

57 — Gobelet côtelé en vieux Venise.

58 — Gobelet en vieux Venise gravé.

59 — Joli Verre en vieux Venise quadrillé, à bordure bleuie.

60 — Flambeau en vieux Venise, avec fuseau à ailerons.

61 — Flambeau en vieux Venise, avec fuseau à torsades.

62 — Curieuse Bouteille en vieux Venise, de forme élégante, ornée de saillies.

63 — Bénitier en vieux Venise, infusé de rouge.

64 — Beau Cadre octogone en vieux Venise gravé, monté en bronze, orné de têtes de chérubins, du temps de Louis XIII.

65 — Deux Compotiers octogones en vieux Bohême gravé.

66 — Compotier à contours en vieux Bohême gravé.

67 — Grand Verre élevé sur pied, avec couvercle en vieux Bohême gravé.

68 — Vase à deux anses en vieux Bohême gravé.

69 — Aiguière à panse aplatie en vieux Bohême taillé.

70 — Verre d'Allemagne avec chiffre gravé.

71 — Petite Aiguière en verre ancien d'Allemagne, décorée de fleurs émaillées.

ARGENTERIE, BIJOUX, BOITES, CAMÉES OBJETS DE VITRINE

73 — Joli Sucrier, à côtes tournantes, en argent repoussé et gravé, époque Louis XV.

74 — Joli petit Brûle-Parfums en argent repoussé, forme à coquilles, époque Louis XV.

75 — Sucrier, forme corbeille, en argent repoussé et gravé, époque Empire.

76 — Sucrier en argent, décoré d'une bande à feuillages et orné d'anses à têtes de lions, époque Empire.

77 — Sucrier à deux anses, forme à côtes, bordure à feuilles d'acanthe, époque Empire.

78 — Écuelle et son Plateau en argent, époque Louis XIV.

79 — Deux jolis Bouts-de-Table en argent ciselé, époque Empire.

80 — Moutardier en argent ajouré avec sa Cuillère, époque Empire.

81 — Théière en argent repoussé, décorée de coquilles et de rinceaux, époque Empire.

82 — Pot à crème en argent repoussé, décoré de rinceaux, époque Empire.

83 — Joli petit Pot à crème en argent, élevé sur pied, forme trompe d'éléphant.

84 — Pot à crème en argent uni, époque Empire.

85 — Joli Bougeoir, forme feuille et rocaille, en argent, époque Louis XV.

86 — Bonbonnières en argent repoussé, à figures d'amours, couronne de lauriers et fruits en argent, époque Louis XIII.

87 — Petite Boîte en argent, forme côtelée, époque Louis XIV.

88 — Verre double, forme gland, en argent, intérieur vermeil, époque Louis XVI.

89 — Petit Gobelet en argent repoussé, à guirlande de fleurs, époque Louis XVI.

90 — Coupe en argent uni, intérieur vermeil.

91 — Deux Salières, forme corbeille, en argent repoussé, époque Empire.

92 — Vidrecome en argent, travail italien, époque Louis XIV.

93 — Deux Salières à deux anses en argent, époque Empire.

94 — Petit Verre surbaissé en argent gravé.

95 — Petit Bougeoir en argent uni.

96 — Pelle à glace en argent repercé, dessin à fleurs, Louis XV.

97 — Truelle à poisson en argent gravé, époque Empire.

98 — Truelle à poisson, en argent repoussé, époque Louis XVIII.

99 — Pelle à fruits en argent repercé, décorée de dauphins gravés, époque Empire.

100 — Deux Pinces à sucre en argent, modèles divers.

101 — Pince à bonbons en argent. époque Louis XV.

102 — Pince à bombons, forme cicogne, en argent.

103 — Trois Cuillères en argent, du XVIe siècle (Sera vendu séparément).

104 — Deux Pièces de hors-d'œuvre, manches en nacre, monture argent.

105 — Coupe à déguster en argent uni.

106 — Deux Tabatières en argent gravé.

107 — Joli Coffret à bijoux en cristal taillé, monté en argent, du temps de l'Empire.

108 — Joli Coffret en bois agatisé et pétrifié, monture en bronze doré.

109 — Petit Coffret octogone, plaqué d'écaille, monté en argent, du temps de Louis XIII.

110 — Jolie Boîte rectangulaire en ancien émail de Saxe, fond bleu quadrillé, avec médaillon à scènes champêtres et encadrement à rehauts d'or.

111 — Jolie Boîte carrée en ancien émail de Betersée, fond vert à fleurs, offrant sur le couvercle un sujet d'après Berghem.

112 — Boîte rectangulaire en ancien émail de Saxe, décor à fleurs.

113 — Petite Boîte en ancien émail de Saxe, décor paysage.

114 — Bonbonnière en écaille, ornée sur le couvercle d'une miniature représentant la Chaste Suzanne et les deux vieillards.

115 — Boîte à mouche en ivoire sculpté, représentant en bas-relief la Chaste Suzanne et les deux Vieillards, monture argent, Louis XV.

116 — Belle Boîte en jaspe finement évidé, montée à charnières en argent doré, époque Louis XVI.

117 — Jolie petite Boîte carrée en agate, puding, montée à cage en or, époque Louis XVI.

118 — Grande Boîte ovale en calcédoine orientale, montée à charnières en cuivre doré.

119 — Boîte carrée en agate mamelonnée, montée à cage en cuivre doré, Louis XVI.

120 — Petite Boîte en agate marbrée, montée en argent, époque Louis XVI.

121 — Petite Boîte en agate évidée monturé en cuivre, Louis XV.

122 — Boîte rectangulaire en jaspe gris tacheté de rouge, montée à cage en cuivre, Louis XVI.

123 — Bonbonnière en porphyre oriental, avec médaillon, corbeille de fleurs gravée sur le couvercle.

124 — Boîte ovale en agate orientale jaune, monture en or, à charnières, avec son étui.

125 — Deux Boucles de souliers, époque Louis XVI.

126 — Miniature : Femme et Enfant, époque Louis XVI.

127 — Beau Poignard indien, avec poignée en ivoire finement sculpté et ajouré, garniture en argent.

128 — Presse-Papiers, forme tête de chien, en cailloux de Gibraltar.

129 — Joli petit Groupe en bronze doré, représentant deux petits Bacchus.

130 — Deux Dents de cachalot gravées.

131 — Applique en jade gris repercé.

132 — Manche de couteau en porphyre de Suède.

133 — Applique en argent, à tête de chérubin.

134 — Petit Groupe : Personnage et Animal en onyx oriental.

135 — Petit Crapaud en jade gris.

136 — Manche de poignard en bronze, représentant une Vénus.

137 — Coupe-Papier, manche en malachite.

138 — Neuf Couteaux avec manches en matière orientale.

139 — Petite Coupe en agate mousseuse.

140 — Petite Coupe en jaspe.

141 — Deux petits Flambeaux en cuivre, forme buste de femme.

142 — Christ en ivoire sculpté, monté sur croix plaquée de nacre gravée, époque Louis XIV.

143 — Belle Bague en or mat, enrichie d'un gros brillant monté à griffes.

144 — Belle Bague mi-jonc en or poli, enrichie d'un gros brillant.

145 — Camée à deux couches : Tête de Minerve, encadré d'or gravé.

146 — Bague en or avec camée du profil de femme.

147 — Bague en or, avec agate herborisée.

148 — Intaille sur onyx oriental : Allégorie de l'Abondance.

149 — Quinze jolis petits Camées, profils de femmes et d'hommes sur pierres dures. (Sera vendu séparément).

150 — Joli petit Bas-Relief ovale représentant une Nymphe dans les airs, de Wedgwood.

151 — Boîte en or, ornée d'un émail entouré de perles fines.

152 — Boîte en or émaillé, ornée d'une miniature : Portrait d'un roi.

153 — Flambeaux en argent, Louis XVI.

154 — Plateau en vermeil repoussé.

155 — Navire en argent ancien.

156 — Cadre en argent repoussé.

157 — Flacon ancien en cristal de roche.

158 — Botte, forme vase, en argent.

159 — Bague Louis XVI en brillant.

160 — Clef en or et brillants.

161 — Marquise rubis, émeraudes et brillants.

162 — Épingle rubis et brillants.

163 — Épingle cravate en or et lapis.

164 — Paire de Boutons de manchettes en or et lapis.

165 — Deux Coupes en argent artistique.

MARBRES, BRONZES, MEUBLES

166 — Manteau de Vierge, fond vert, tissé d'or.

167 — Buste de jeune Fille en marbre blanc.

168 — Pendule Louis XVI en bronze doré et marbre.

169 — Paire de Candélabres en bronze doré.

170 — Vitrine en marqueterie hollandaise.

171 — Régulateur. Travail hollandais.

172 — Glace Louis XVI.

173 — Commode Louis XV en bois de violette.

174 — Objets non catalogués.

Vve Renou, Maulde et Cock, imprs de la Compagnie des Commissaires-Priseurs, rue de Rivoli, 144. 150—45330

www.ingramcontent.com/pod-product-compliance
Lightning Source LLC
LaVergne TN
LVHW052039160826
845678LV00003B/1427

* 9 7 8 2 3 2 9 6 3 1 3 3 2 *